GRACIAS A TI

ExLibric

MARÍA LUISA SÁNCHEZ BÁREZ

GRACIAS A TI

EXLIBRIC

ANTEQUERA 2025

GRACIAS A TI
© María Luisa Sánchez Bárez
Diseño de portada: Dpto. de Diseño Gráfico Exlibric

Iª edición

© ExLibric, 2025.

Editado por: ExLibric
c/ Cueva de Viera, 2, Local 3
Centro Negocios CADI
29200 Antequera (Málaga)
Teléfono: 952 70 60 04
Fax: 952 84 55 03
Correo electrónico: exlibric@exlibric.com
Internet: www.exlibric.com

ISBN: 979-13-87707-89-7
Depósito Legal: MA 1023-2025

Impresión: PODiPrint
Impreso en Andalucía – España

Nota de la editorial: ExLibric pertenece a Innovación y Cualificación S. L.

MARÍA LUISA SÁNCHEZ BÁREZ

GRACIAS A TI

Había un pueblo pequeño, donde todos se conocían y se ayudaban en las tareas diarias, gentes agradables y contentas de vivir allí.

El pueblo estaba lleno de vegetación. Los árboles eran muy altos, lo que permitía que dieran sombra en verano, pues hacía mucho calor. Sus bonitas flores variadas y con lindos colores hacían el paisaje bello y especial.

En un lugar algo separado del pueblo, había una linda casita que tenía un jardín muy cuidado por su dueña y su hija Iris.

Todas las mañanas muy temprano mamá se levantaba y preparaba el desayuno y así poder hacerlo juntas. Mamá iba al trabajo y la pequeña Iris a la escuela.

Menos mal que el camino no era demasiado largo y les permitía ir caminando. Ambas hacían el recorrido contentas y alegres de ir a sus quehaceres cotidianos.

La madre dejaba a Iris en la escuela y se despedían con un beso, pues ya no se verían hasta la noche.

La pequeña Iris estaba contenta de ir a la escuela, pues tenía muchos amigos y le gustaba aprender cosas nuevas; la maestra era una mujer dulce y cariñosa, por lo que los niños se sentían como en casa.

Mamá tenía que coger un autobús que no tenía demasiado recorrido y la dejaba cerca de su trabajo. Su trabajo no era demasiado cansado, pero sí que se le hacían las horas largas.

Cuando por la noche regresaban a casa estaban algo cansadas, pero había que hacer las tareas de la casa. Cada día las tareas eran diferentes, pero las hacían las dos gustosas.

Una mañana, mamá estaba fregando los suelos y encontró una mancha que hasta ahora no había visto; se quedó un poco extrañada, pues no era una mancha normal.

—¿Se te cayó algo al suelo, Iris? —preguntó la madre.

—No, mamá. ¿Por qué?

—Tranquila, es una mancha que no había visto antes y por eso te preguntaba.

La mujer siguió frotando, frotó y frotó, pero no se quitaba; ¿qué será? «Bueno, ya veremos —pensó—. Es tarde y estoy cansada. Me voy a descansar y mañana con claridad intentaré quitarla».

Al día siguiente, como todas las mañanas, mamá se levantó, aunque más temprano que de costumbre; seguía pensando en la extraña mancha del suelo. De pronto recordó que Iris no tenía que ir a la escuela, pero ella sí tenía que ir a su trabajo, como todos los días.

Había una mujer que vivía cerca de ellas y sabía que la pequeña Iris se quedaba sola a veces, y eso le agradaba, pues el fin de semana era mucho más agradable en compañía de la niña.

A la pequeña le gustaba ir a verla cuando estaba sola, pues se hacían compañía.

A mamá le gustaba recordárselo, por lo que se acercaba a su casa y siempre le llevaba frutas o dulces que sabía que le gustaban y de paso le recordaba que Iris estaba sola, y agradecía que le hiciera compañía por un ratito.

Aunque era la mujer la que más agradecía la compañía de la niña, pues juntas pasaban ratos divertidos. Pasaban las horas y por fin mamá llegaba a casa, cansada pero a gusto de llegar junto a su hija. Mamá entró en casa y, después de saludar a la niña, se disculpó y se dispuso a descansar un rato en el jardín. La temperatura era agradable y se sintió a gusto, pero seguía pensando en la mancha, por lo que se dirigió a la cocina con la idea de quitarla antes de que oscureciera.

Al entrar en la cocina su sorpresa fue que la mancha había desaparecido. Pensó: «Estoy cansada y a veces veo cosas que no son».

—Iris, ¿quitaste la mancha?

—No, no me he acordado, lo siento.

—No pasa nada.

El tiempo pasaba y los días eran más cortos, por lo que oscurecía antes y comenzaba a refrescar, lo que hacía que entraran antes en la casa porque en el jardín hacía fresco.

Uno de esos días en que mamá había tenido un día algo duro en el trabajo, al llegar a casa entró en la cocina a tomar un vaso de agua para refrescarse. Se dirigía a ver a Iris, cuando miró al suelo y vio que la mancha había aparecido de nuevo.

«Otra vez mi cansancio me hace ver cosas. Pero qué coincidencia. ¿En el mismo sitio? Preguntaré a Iris».

—Iris, otra vez manchamos en el mismo sitio, pero hoy estoy tan cansada… ¿Te importaría pasar tú la fregona?

—No te preocupes, mamá. Tú, descansa, que yo lo haré.

La madre se quedó dormida en el jardín, mientras la pequeña Iris se dirigió a quitar la mancha como su madre le dijo.

La madre al poco despertó algo sobresaltada, se había quedado algo fría; la pequeña salía de la casa.

—¿Se quitó la mancha?

—No, mamá, esa mancha no se quita. Y estuve frotando mucho rato.

—No te preocupes. La última vez pasó lo mismo y después desapareció ella sola. Es raro, pero vamos a descansar. Estoy cansada

—Hasta mañana, mamá. Besos, descansa.

Pasaron los días…

Después de varias semanas, Iris tenía que quedarse sola porque mamá tenía que ir a trabajar y ella no tenía escuela. Se despidieron hasta la noche.

La pequeña se dirigió a la cocina a tomar el rico desayuno que su madre le había dejado preparado con tanto cariño, pero para su sorpresa vio que en lugar de la mancha había un escrito en el suelo. Parecía escrito con tizas como las de la escuela.

La niña pensó: «Qué cosas tan bonitas hace mamá para que no me sienta sola».

Iris no dijo nada cuando regresó la madre del trabajo.

Fueron pasando los días y mamá no decía nada del mensaje, pero ella seguía pensando en lo que decía:

TRANQUILA, YO ESTOY A TU LADO.
ELLA REGRESARÁ PRONTO.

Como la madre no decía nada, la niña un día se decidió a preguntarle.

—Mamá, qué bonito mensaje me dejaste. Me hizo mucha ilusión, porque lo pusiste con tiza en el mismo sitio donde aparece la mancha. ¿Lo pusiste ahí a propósito para que me fijara?

—Perdona, cariño, dime qué mensaje. Lo debí dejar medio dormida y no lo recuerdo. —Todo lo decía para averiguar, pues no comprendía nada de lo que decía la niña.

—Lo sabes bien —respondió Iris—. «Tranquila, estoy a tu lado. Regreso pronto». Yo lo borré con la fregona.

La madre no sabía qué decir. Lo que sí sabía era que ella no había escrito ese mensaje, pero no quería decirle nada por no asustarla. Había que decir algo. No sabía cómo, pero tenía que hablarle.

—Iris, yo no puse ese mensaje. Creo que tenemos tantas ganas de estar juntas que vemos cosas que no son.

—No, mamá, yo lo vi y lo pude leer. Después lo borré con la fregona y pensé: «Qué bonito lo que mamá me ha escrito».

—Tranquila, a veces la imaginación puede más que nosotras mismas y vemos cosas que no son.

Pero la niña insistía:

—No, mamá, yo lo leí y lo vi. —Se puso a llorar enojada y asustada.

—Vale, te creo, pero si esto pasa otra vez prométeme que no lo quitarás y lo leeremos juntas. Si no fuera así, yo tendré razón y será nuestra imaginación.

—Sí, mamá, perdóname.

—Tranquila, todos a veces nos ponemos nerviosos cuando no entendemos las cosas que nos suceden.

La niña no quedó muy conforme, pero pensó: «Mamá siempre tiene razón. Esperaré».

Las dos se despidieron con un beso de buenas noches y se retiraron a descansar.

En muchos días no volvieron a hablar de lo sucedido, ninguna tenía ganas de decir nada.

La dos compartían todo lo que tenían, pero, como en todo, parejas, familia, amigos, etc., siempre te falta algo, sobre todo a la madre, que a veces se sentía sola.

La pérdida de su marido, tan joven, había dejado un gran vacío en ella. Iris aún era muy joven como para pensar en estas cosas, pues sus necesidades estaban más que cubiertas con mamá, sus compañeros de colegio y las gentes del pueblo, ella era una niña feliz.

Pero a su madre le hacía falta alguien con quien compartir las alegrías y también las tristezas.

Poder hablar de las cosas importantes; bueno, lo que nos pasa a todos.

Una mañana que mamá no tenía que ir al trabajo, se levantó y le dijo a su hija:

—Iris, hoy prepararemos un pastel de chocolate y podrás invitar a tus amigos a compartirlo con nosotras. ¿Te gustaría?

—Claro, mamá, me encantaría. Eres la mejor. —Y se puso muy contenta—. Mamá, mientras tú cocinas, yo te ayudaré para que esté todo perfecto. Así no te cansarás tanto y podremos jugar juntas.

Las dos comenzaron a realizar las tareas, contentas y cantando por la casa, sería un día feliz para las dos.

Iris iba nerviosa y cantando por la casa, pues se sentía feliz. Pero de pronto se quedó parada, pues vio algo escrito otra vez en el suelo. Pensó: «Hoy no, hoy es el día feliz de mamá y el mío, y no quiero preocuparla; como dice ella, serán mis nervios».

Pero de repente el mensaje comenzó a cambiar y a poner diferentes mensajes:

HOY ES EL CUMPLEAÑOS DE MAMÁ. PONTE MUY GUAPA Y DILE QUE LA QUIERES.

Por un momento la niña se asustó mucho, pero pensó: «Creo que alguien que quiere mucho a mamá me manda mensajes para no olvidar las cosas importantes. ¿Quién puede ser? ¿Por qué no me dice quién es? Me gustaría poder hablar con él o con ella. ¿Y si le mando yo un mensaje? Podríamos comunicarnos y así saber quién es».

Se fue a borrar el mensaje para poder escribir uno:

¿Cómo sabes que es el cumpleaños de mamá?
¿Puedes decirme quién eres?

TRANQUILA, LO SABRÁS EN SU MO-MENTO.

¿Eres bueno? ¿Quieres ayudarnos?

Al cabo de un rato comprendió que no tendría respuesta, por lo que borró todos los mensajes para que mamá no viera nada, era su día y no quería preocuparla.

Se puso triste por no haber recibido respuesta, pero pensó que no siempre podría escribir y por eso los mensajes no eran continuos. «Esperaré».

Mamá, que ya había acabado con las cosas de la cocina, salió a prepararlo todo al jardín para los invitados.

—¡Felicidades, mamá! —dijo Iris con una gran sonrisa.

Mamá se quedó extrañada, pero a la vez contenta, y le dijo:

—¿Cómo sabías que era mi cumpleaños? Yo no te lo dije. ¿Quién te lo ha dicho?

—Me imaginé algo. Había tantas cosas bonitas y tú estabas tan bonita hoy…

La madre se puso a llorar con lágrimas de alegría.

—No estés triste, mamá. Hoy tiene que ser un día feliz, y sobre todo para ti. Nunca celebramos nada y espero que hoy lo pases muy bien.

Estuvieron todo el día celebrando, comieron cosas ricas, tomaron limonada, corretearon por el jardín jugando todos, se rieron y disfrutaron tanto que, cuando todos se fueron, las dos se sentían cansadas y se sentaron un rato a descansar; casi se quedan dormidas.

—Vamos a descansar, ya se hizo muy tarde —dijo la madre.

Antes de irse a la cama, la niña no estaba a gusto, pues sabía que tenía que decirle a mamá lo que había sucedido o no dormiría en toda la noche.

—Mamá, tengo que contarte algo sucedido esta mañana o no dormiré.

—Dime.

—Yo no me acordaba de que era tu cumpleaños.

—¿Cómo lo supiste?

—Alguien me lo dijo.

—¿Quién?

—Los mensajes en el suelo me lo escribieron esta mañana. Creo que alguien te quiere mucho y me dice todo lo que te sucede. ¿Sabes quién puede ser, mamá?

—No sé, pero no vamos a pensar más por hoy. Descansemos.

—Vale, mamá. Que descanses.

La madre se quedó pensando y comenzó a preocuparse. Algo que no comprendía estaba sucediendo, algo que trastornaba a la niña y a ella misma. No comprendía nada.

Pensó que tenía que hacer algo para que las imaginaciones de su hija desaparecieran o sería un serio problema.

«Bueno —pensó—, mañana hablaré con mis compañeras. Ellas tienen hijos y quizás me puedan ayudar».

Después del día tan bonito, se puso a recoger para que nada quedara en el jardín. Cuando entraba en la cocina para llevar la loza, en letras muy grandes vio escrito:

FELICIDADES. QUE SEAS MUY FELIZ.

Se asustó tanto que de las manos se le cayó la loza; tenía miedo, susto, reía, lloraba, pensó que se estaba volviendo loca. «Tantos días sola en casa con la pequeña me hacen ver cosas raras». Se sentía algo mareada e intentó calmarse. «Me voy a descansar, no sé qué pensar».

A la mañana siguiente, aunque no había podido descansar, pues su cabeza no dejaba de dar vueltas a lo que había pasado, se levantó, pues tenía que hacer el desayuno para Iris y para ella.

Iris no estaba tan contenta como todos los días en el colegio, por lo que la maestra le preguntó:

—¿Te sucede algo, Iris? ¿No te encuentras bien?

—No, maestra. Estoy bien.

—Si te pasa algo y te puedo ayudar, dímelo.

—No, maestra, no se preocupe. Hoy no descansé muy bien y me siento cansada.

Pero aun así la profesora no se quedó demasiado conforme; al contrario, estaba preocupada, pues desde que la cuidaba en el colegio jamás había notado así a la niña.

Por otro lado, la madre, en su trabajo, también estaba algo distraída y pensaba cómo solucionar el problema.

Después de darle mil vueltas a la cabeza, camino de casa pensó…: «Es el momento de sacar los ahorros y marchar unos días con Iris». Así todo desaparecería y al regreso lo habrían olvidado.

Pensó en sus familiares, que, aunque lejos, siempre la llamaban preguntando cómo estaban y cuándo irían a visitarlos.

«Será un buen sitio. Allí hay una playa de la que Iris casi no debe acordarse y disfrutaremos de la familia y los amigos que hace tanto tiempo que no vemos. En parte me duele volver por los recuerdos, pero todo sea por Iris».

Siempre le habían ofrecido su compañía y le habían abierto las puertas de su casa, pensó que qué mejor momento para visitarlos, y así olvidar lo que les estaba sucediendo.

«Creo que es el momento de hacer la llamada y marcharnos».

Por fin llegó a casa y la pequeña, como siempre, la estaba esperando.

—¿Sabes, Iris? He tenido una idea que creo que te gustará y las dos lo pasaremos muy bien.

—Dime, mamá, dime. ¡Qué ilusión! Cuéntamelo.

—Tranquila, prepararemos la cena y mientras cenamos te lo contaré todo. Luego te pones nerviosa y no hacemos nada.

La niña no se quedó muy conforme, pero aceptó.

Estando en la cocina haciendo la cena, Iris comentó:

—Ya sé que no te gusta hablar de esto, pero esta mañana sucedió otra vez al regresar de la escuela.

—¿Qué? Dime. —Aunque la madre se imaginaba de lo que estaba hablando.

—Había un mensaje que decía: «Habéis tomado la mejor decisión. Disfrutad». ¿Esto tiene algo que ver con lo que me ibas a contar?

—¿Por qué lo borraste? Te dije que no lo hicieras, que lo leeríamos juntas.

—No lo hice. Esta vez desapareció solo.

—Creo que llegó el momento de decirte que todo esto comienza a preocuparme y tengo que tomar una determinación. Nos vamos a marchar unos días a visitar a unos familiares, no te acuerdas de ellos, pero allí está la playa y nos dará tiempo y descanso para pensar en todo lo que nos está pasando.

Iris no dio importancia a lo que a su madre le estaba preocupando. Por el contrario, tomó la idea con alegría y entusiasmo.

—Sí, mamá. Nos bañaremos en el mar, correremos y disfrutaremos. Qué alegría. Lo pasaremos genial.

La madre no pudo por menos que contagiarse de su alegría y las dos rieron juntas.

—¿Cuándo nos vamos? —preguntó Iris.

—Pronto. Tengo que solucionar algunas cosillas, entre ellas llamar a la familia, sacar los billetes… Pero pronto estaremos de camino.

La pequeña saltaba como loca por el jardín, gritando: «Bien, mamá y yo nos vamos de vacaciones».

Al día siguiente, la madre comenzó con los preparativos. Lo primero era hablar con sus jefes y que le dieran permiso. Ellos se lo concedieron con cariño, pues ella nunca pedía nada. Le desearon un buen viaje y que lo pasaran bien.

Después se fue a llamar a su familia, por si les podía molestar el que fueran a visitarles. Ellos, por el contrario, se pusieron tan felices de pensar que venían a verlos que la hizo sentirse feliz a ella también.

Lo siguiente era comprar los billetes y marchar lo antes posible. Cuando lo tuvo todo resuelto, se dirigió a casa. Pensaba que Iris se pondría muy contenta. Llegó a la casa y estaba cansada de todos los recados y los nervios de que todo saliera bien.

Aprovechó que la pequeña no había llegado todavía para ponerse a gusto, estaba sedienta y se dirigió a la cocina a tomar un vaso de agua.

Esta vez fue ella quien vio escrito en el suelo. Al principio no quiso mirar e intentó ignorarlo, pero no pudo más y se acercó a leerlo.

PASADLO BIEN. DISFRUTAD MUCHO.
YO SEGUIRÉ A VUESTRO LADO. CUIDAOS
MUCHO. OS QUIERO.

Se sintió superangustiada, sentía escalofríos por todo el cuerpo; luego comenzó a tener miedo, jamás había tenido esa sensación. Pensó en si habría fantasmas en la casa y tuvo mucho miedo.

Luego intentó tranquilizarse, pensando en si sería una broma de mal gusto. Pero ¿de quién? No sabía qué pensar, pero sentía miedo.

Después de darse una ducha y ponerse cómoda, decidió esperar a Iris en el jardín, tratando de estar lo más tranquila posible para que no se diera cuenta de nada.

Al poco, la pequeña regresó de la escuela y al encontrar a mamá en casa se puso muy contenta, por lo que no notó los nervios de mamá. La madre comenzó a explicarle a la pequeña que ya tenían los billetes y tendrían que hacer las maletas, pues al día siguiente se marchaban. Iris se puso tan nerviosa solo de pensarlo que todo lo quería hacer deprisa para que nada le faltara.

Todo quedó preparado en pocas horas, pues las dos tenían ganas de marchar.

—Vamos a descansar. Mañana salimos temprano —anunció la madre.

—Mamá, nos vamos de vacaciones a disfrutar.

—Tranquila o no podrás descansar. Y será un viaje largo hasta llegar.

—Bien, mamá, me voy a la cama. Intentaré dormir muy deprisa para que llegue pronto mañana.

A la mañana siguiente, la madre se despertó muy pronto. Tenía que preparar la comida para el viaje. Iris seguía dormida. No quiso despertarla, pues todavía había tiempo. Cuando ya estaba todo preparado, terminó de recoger la cocina. Se dijo «Voy a despertar a Iris», cuando vio el mensaje en el suelo de nuevo.

FELIZ VIAJE. DISFRUTAD.

Le entró nuevamente el pánico y estuvo esperando para ver si se borraba. Al momento el mensaje se borró, pero, para su sorpresa, a los pocos minutos apareció otro.

NO SUELTES A IRIS, NO DEJES NUNCA QUE PROFUNDICE EN EL MAR. CUIDAOS. BESOS.

Ahora sí que sintió escalofríos, pues su marido había fallecido en un accidente en el mar, en una enorme tormenta.

Ella no dudó ni un momento. Cogió la tiza y escribió:

¿ERES TÚ, MI AMOR?

Se quedó esperando por si había respuesta, pero no fue así. Pensó: «Me voy a volver loca, debemos irnos».

Se fue a despertar a la pequeña, tratando de estar lo más tranquila posible, pero ella lo notó y preguntó:

—Mamá, te noto rara. ¿Te sucede algo?

—No, cariño. Estoy nerviosa por el viaje, eso es todo.

—Vale, mamá.

Se pusieron de camino y montaron por fin en el tren. Poco a poco ella se fue tranquilizando. Pensó: «Creo que es mi cansancio, en estos días veré las cosas de otra manera, descansaré y todo pasará».

Durante el viaje, fueron descansando a ratos, otros jugaron y disfrutaron del paisaje, las dos estaban contentas. Ella intentó borrar de su cabeza los mensajes de la mañana y pasar lo mejor posible el viaje.

Por fin llegaron a su destino, un pueblo costero donde la familia las estaba esperando con los brazos abiertos, pues todos tenían muchas ganas de verlas después de tanto tiempo.

Juntos llegaron a la casa del pueblo donde ella había conocido a su marido, donde se casaron y tuvieron a Iris. Todo era perfecto hasta la tormenta en que perdió a su marido.

Aquella tormenta fue muy brava y su marido estaba en la mar. El barco jamás regresó, todo el pueblo salió a buscar a la tripulación, pero no encontraron restos de los tripulantes. La pena era enorme, pues muchas familias habían perdido a sus seres más queridos y el pueblo se llenó de tristeza, todos se sentían impotentes por no poder hacer nada.

Ella al poco tiempo se encontraba tan triste, porque todo lo que la rodeaba le recordaba a su esposo, por lo que decidió marchar del pueblo para no tener tantos recuerdos y comenzar una nueva vida junto a Iris.

Le costó mucho salir del pueblo, pues allí estaba rodeada de su gente, pero tenía que pensar en su hija, porque allí no sería feliz pensando en lo que el mar le había quitado y que tanto quería.

Cuando regresó de nuevo al pueblo tenía un sentimiento de felicidad y a la vez de tristeza, pues sus recuerdos podían más que las alegrías.

Pero decidió que no tenía que estar triste. Estaban juntos y ella venía por un motivo más que justificado.

En el fondo de su corazón sentía alegría, pues había regresado junto a su familia. Se había sentido tantas veces sola que el sentir la compañía de los demás le hacía sentirse muy bien.

Iris, como siempre, estaba tan feliz que su alegría contagiaba a todos.

Después de las celebraciones, saludos, besos y demás, su cuñada quiso hablar con la madre de Iris.

—La niña está preciosa, es un dulce. Pero ¿tú cómo estás? Después de tantos años, pensé que nunca regresarías. Me da mucha alegría que estéis aquí con nosotros.

—Después de tanto tiempo, pensé que debía traer a Iris a ver el lugar donde había nacido, que recordara su pueblo y a las bellas personas que estaban aquí. Tenía derecho a disfrutarlo.

No se atrevía a decir la verdad de por qué había regresado, aunque sabía que con el tiempo tendría que decírselo. Nunca tuvieron secretos entre ellas.

Por el contrario, su cuñada sabía por qué había regresado, pero tampoco dijo nada.

Los días fueron pasando, días muy bonitos en los que todos disfrutaban, sobre todo Iris: en la playa jugando con los niños, bañándose…

Ella seguía algo preocupada, pero pensaba que había conseguido lo que quería, que era olvidar los mensajes.

Pasaron los días y a su cuñada se le ocurrió que por qué no celebraban una fiesta con motivo de su regreso.

—Invitaremos a todos los amigos. Los niños disfrutarán y nosotros podremos recordar viejos tiempos.

A ella no le atraía mucho la idea de juntarse de nuevo con todos, pensaba que le recordaría mucho a su marido. Pero después pensó que era una buena idea, pues les debía mucho a todos ellos, y ellos la ayudaron tanto en esos momentos… «En el fondo, yo me marché sin decir adiós. Les debo una disculpa y esta sería una bonita manera de hacerlo».

—Vale, me parece bien. Mañana comenzaremos los preparativos. Tú encárgate de avisarlos a todos y juntas organizaremos una maravillosa fiesta.

La fiesta se celebraría en la playa, rodeada de todos los amigos y familiares. Los barcos, como todas las mañanas, saldrían a pescar y recogerían el mejor pescado para la fiesta.

Los pescados y mariscos serían los mejores y recién recogidos. A ellas le correspondía el resto, prepararlo todo para que la fiesta fuera todo un éxito.

Ella se levantó muy temprano, algo nerviosa, pues quería que todo saliera perfecto y todos disfrutaran de lo lindo.

A la vez le traía recuerdos que no sabía si la hacían feliz o por el contrario la ponían más triste. Pensó en Iris y se dijo a sí misma que todo tenía que ser genial para que ella se acordara siempre de esta fiesta.

Entró en la cocina, donde ya estaban hirviendo el agua para cocer los mariscos. Pero no vio a nadie, salió pensando que estarían preparando algo más y que tendría que ayudar.

Pero de pronto sucedió. Vio el mensaje…

DISFRUTA. ESTAMOS TODOS JUNTOS DE NUEVO. NUNCA PIERDAS LA ILU-SIÓN. SIEMPRE ESTARÉ A TU LADO Y AL DE NUESTRA HIJA.

«No puede ser. Me fui de casa para olvidarme de los mensajes y aparecen de nuevo. Será que me persiguen mis pensamientos. Creo que estoy demasiado nerviosa por el asunto de la fiesta, veo cosas raras. Tengo que calmarme y seguir con los preparativos, no debo pensar más».

Cuando se encontró con su cuñada, esta la notó algo rara y nerviosa.

—¿Está todo bien? ¿Te sucede algo? —le preguntó.

—Sí, tranquila. Estoy algo nerviosa por la fiesta, eso es todo.

De pronto su cuñada dijo:

—Tú también lees los mensajes, ¿verdad?

Ella se quedó blanca cuando se lo dijo y no sabía qué contestar.

Al ver que había perdido el color, la cuñada quiso tranquilizarla:

—Tranquila. Él, ya antes de morir, decía que su familia era lo más bello y maravilloso que le había sucedido y que era tan feliz que, fuera donde fuera, jamás nos olvidaría. Hace unos meses comenzaron los mensajes y yo, al igual que tú, pensé que me estaba volviendo loca. Pensé que le quería tanto y me había dolido tanto perderle que imaginaba cosas. Hoy, después de tanto tiempo, más del que debía de haber pasado, estás aquí, con los tuyos, y creo que de alguna forma ha sido él quien te ha traído de nuevo a nuestro lado, donde siempre tenías que haber estado, la pena y la tristeza te hicieron marcharte de nuestro lado. Pero tu sitio está aquí, junto a los tuyos. Creo que él lo sabe y por eso te trajo. Nos manda mensajes que no podemos escuchar, pero sí leer; porque, esté donde esté, está claro que nos quiere ayudar. No pensemos que estamos locas, solo que es algo que no comprendemos, pero lo cierto es que nos está sucediendo. Después de mucho tiempo comprendí que nosotras también podemos ayudarle. No sé el modo, pero hay que hacerlo. ¿Quizás quedó atrapado en el tiempo? No lo sé. Puede que nos necesite y tenemos que intentarlo. Intentaremos hablar con él y así podremos saber lo que le pasa y ayudarlo. Con eso acabará todo lo de él y lo nuestro.

La mujer tenía miedo; no paraba de llorar, pero comprendía lo que su cuñada le decía y pensaba que tenía razón.

—Pienso que solo estando todas juntas lo podremos conseguir —finalizó la mujer.

—¿Cómo, todas?

—Sí, las tres.

—¡Pero ella…!

—Pues claro. Ella también los ha leído, ¿verdad?

—Sí.

—Pues ella también debe estar a su lado. Bien, ahora vamos a la fiesta. Supongo que debemos ayudar y nadie tiene que pensar que estamos preocupadas, y menos Iris. Tratemos de disfrutar. Mañana hablaremos.

Al día siguiente, después de haberlo pasado lo mejor posible en la fiesta, ya habían descansado. Ninguna de las dos lo hizo completamente, pensando en cómo podían comunicarse.

Solo descansó la pequeña, que estaba agotada de la fiesta porque lo había pasado genial.

Ellas se levantaron mientras Iris seguía durmiendo. Eso les permitió desayunar, y comenzaron a hablar de lo que las preocupaba. Al no estar la niña lo hicieron más tranquilamente.

—Creo que Iris es demasiado pequeña para comprender lo que está sucediendo, pues ni yo lo entiendo.

—Creo que ella es la que mejor lo entiende de las tres, pues recibe mucho antes que nosotras los mensajes, es más desde que sabe leer. Nunca te lo dijo hasta que tú lo viste por primera vez.

—¿Tú cómo lo sabes?

—Él me lo contó poco antes de que regresaras, porque no sabía cómo te lo tomarías. Cuando murió, o eso pensamos, creo que quedó atrapado en algún lugar que desconocemos, pero está claro que nunca nos dejó solas. A su manera, nos ayuda a todas. Empezó a comunicarse con la pequeña y ninguna lo sabía. Ella se lo tomó como si fuera un juego. Después comenzó a hablar con nosotras y esto nos ha unido a las tres de nuevo. Bien, ha llegado el momento de hablar con Iris y tomar la pizarra para poder hablar con él. Ya no se puede demorar más. Antes debo decirte que sus mensajes me llegaron hace tiempo. A ti no se atrevía a mandártelos por no saber cómo te lo tomarías. Siempre me comunicaba cómo estabais. Un día me escribió: «Tengo que hablar con ella, queda poco tiempo para poder comunicarme». Le dije que adelante, que trataría de ayudarle en todo lo que pudiera. Y entonces comenzaste a recibir los mensajes. Ahora hay que ayudarle y solucionarlo. Bueno, estamos aquí y hay que hacer algo. Sé que todo esto parece asombroso, pero debemos ayudarle. ¿Estás a mi lado?

—Claro. Adelante, empecemos. Cuanto antes, mejor.

Dejaron pasar el día mientras pensaban en cómo hacerlo y cuando Iris estaba descansada fueron poco a poco explicándole lo que sucedía.

Al día siguiente, cuando se levantaron, los mensajes se habían acumulado. No daban crédito a lo que estaba pasando.

—Creo que las tres juntas lo conseguiremos.

Comenzaron a leer los mensajes. Sus ojos se llenaron de lágrimas mientras los leían, pero ninguna podía decir nada. Estaban angustiadas y algo extrañadas.

EL PRIMER MENSAJE

Os voy a contar una historia que quizás no comprendáis, pero debo deciros que es lo que me está sucediendo y es lo que puedo escribiros.

Cuando mi barco naufragó en la tormenta y todos nos hundimos en el mar, en mi interior tenía mucho miedo. El mar me tragaba y no podía hacer nada, me sentía indefenso, la fuerza del mar es tan poderosa que te sientes inútil en esos momentos y al fin te dejas llevar.

De pronto, entre todos esos sentimientos, sucedió algo muy extraño. Alguien me ayudó a salir de esa fuerza, no sabía dónde estaba, pero tenía una paz interior que pensé que eso sería la muerte.

Al momento pude abrir los ojos y vi a alguien que me tranquilizó, diciéndome que era el ayudante del rey del mar.

—*Solo sigue mis instrucciones* —*me dijo.*
Por un momento pensé que me había vuelto loco,
pero allí estaba. Dijo:
—*Iremos a casa del rey del mar y te dejaré*
descansar.
Después nos llevaron a una sala muy bonita con
camas como las de los barcos, eso sí, mucho más cómodas.
El lugar era de lo más acogedor, te sentías como en casa.
Daba sensación de paz y tranquilidad. Yo me tumbé
a descansar y me desperté como si hubiera descansado
mucho, relajado y con fuerzas.
No sé cuánto tiempo había pasado porque aquí no
hay horas como en la tierra, al poco me llevaron a una
sala muy bien decorada, todo con recuerdos del mar y
de barcos antiguos.
De pronto vi a compañeros de mi tripulación, lo
que me hizo sentir más a gusto, aunque es cierto que
todos estábamos asustados.
A los pocos minutos apareció el rey del mar, que
era impresionante, pero su voz sonaba tan dulce que
te hacía sentir muy bien. Nos explicó que la mar no es
como la tierra. En la tierra todos estábamos muertos,
pero allí seguíamos vivos.

No lo entendí demasiado bien, pero estaba claro que seguía vivo. ¿Cómo? No lo sé.

Yo quería preguntar cómo puede suceder esto en el mar, pues no tenemos oxígeno y se supone que no podemos respirar, pero lo cierto es que no me atreví a decir ni una sola palabra. No sé si era miedo, respeto o *la paz interior que sentía, algo que jamás sentí en la tierra, solo al lado de mi familia.*

Él dijo:

—*El mar os da otra oportunidad de poder seguir viviendo. Claro está que jamás podréis ir a la tierra. Os voy a conceder un deseo, pensadlo muy bien. Y ya me diréis.*

Todos nos retiramos a pensar qué era lo que podíamos pedirle, mi pensamiento estaba en cómo podía pedirle algo para seguir en contacto con vosotras, era lo único que me importaba. Solo saber cómo estabais y poder comunicarme con las tres. Algo difícil.

Entonces fue cuando se me ocurrió que si podía mandaros mensajes estaría más cerca de vosotras.

Al día siguiente así se lo planteé al rey del mar cuando me preguntó cuál era mi deseo. Él contestó:

—*Está bien, pero sabes que todo tiene un precio.*

Primero dijo que hasta que Iris no supiera leer no podría comunicarme y, una vez ella supiera leer, entonces podría hacerlo con vosotras. Yo, por supuesto, acepté.

Al tiempo Iris comenzó a leer, pero no podía poner mensajes que ella no comprendiera o la pudieran asustar, por lo que comenzó siendo un juego para los dos. Lo que pasó luego ya lo conocéis.

Ya queda poco para poder seguir comunicándome de este modo con vosotras, por lo que quería contaros todo esto.

Su mujer no comprendía todo lo que estaba leyendo y se preguntaba a ella misma por qué era la última.

—¿Por qué yo la última?

Tú, amor, eres la más dolida y no te podía hacer daño. Siempre te quise. Eres EL AMOR DE MI VIDA.

—Piensa —dijo su cuñada— que podría haber pedido mil deseos, pero solo deseó ayudarnos. Nunca nos abandonó.

—Sí, pero si lo hubiera sabido antes podría haberle dicho muchas cosas que no me dio tiempo a decirle. Ahora no sé qué decir.

Tranquila —escribió él de nuevo—, sé que me has querido, al igual que yo a ti, y has cuidado de nuestra hija, y es una niña muy feliz.

Bueno, quiero que me prometas algo. Mil cosas te diría, pero no hay más tiempo, mi amor.

El tiempo de mi deseo se está acabando y debo ser
lo más rápido posible para deciros todo.
Necesito que me prometas que seréis muy felices,
pero quiero que te quedes junto a los tuyos y no estéis
más tiempo solas. ¿Me lo prometes?

—Claro que sí, mi amor, lo que quieras. Me marcharé a vender las tierras y volveré junto al mar y los nuestros, de donde no tenía que haber marchado.

MUCHAS GRACIAS, AMOR.
Yo me sentiré mucho más cerca de vosotras y,
aunque no pueda estar a vuestro lado, al lado del mar
estaremos más unidos, pues cada vez que las aguas y
las olas os rocen será como si yo estuviera acariciando
a cada una de vosotras y sintiendo ese calor que voy
a necesitar.

Las tres estaban emocionadas; algo tristes, pero a su vez contentas de saber y poderle sentir otra vez. Era lo que más querían y lo habían echado tanto de menos… Bueno, era una oportunidad.

—Regresaré a casa, solucionaré todo y volveré lo más pronto posible. Es cierto que no tenía que haberme ido —dijo la madre.

—Vale —agregó su cuñada—, ahora se arreglará todo y estaremos todos juntos.

—Mamá, ¿puedo decirle a papá que lo quiero y que lo echo mucho de menos? —preguntó Iris.

—Claro, cariño. Mientras podamos escribir, dile todo lo que desees. Cuando no podamos escribirle más, juntas nos acercaremos al mar y en cada una de las olas que nos rocen le mandaremos un mensaje de cariño, con caricias y besos. Ahora nadie nos podrá separar. Estamos seguros de que ni en el mar ni en la tierra nos podrán separar.

Al día siguiente, la madre preparó todo para regresar al pueblo y comenzar los trámites para trasladarse junto a su familia. Nada podría decir a los vecinos. Con la ayuda de todos y los mensajes que recibía se encontraba feliz de prepararlo todo.

Ella decidió dejar a Iris junto a su cuñada, mientras realizaba todos los trámites del traslado, así iría más rápido y la niña no tendría que estar más tiempo sola.

Una vez en el pueblo, habló con todos los cercanos a ella y les comunicó lo que quería hacer. Todos quedaron algo apenados porque les tenían mucho cariño, pero les dijo que no dejarían de venir a visitarlos siempre que pudieran. «No os vamos a olvidar».

—Perdonad, pero mi sitio está junto a mi familia, se lo debo a mi marido. Es cierto que nunca debí escapar de los problemas y ahora tengo que hacerlo por el bien de las dos. Con esto os digo que para mí habéis sido como mi familia, y os quiero, pero debo regresar y seguir adelante.

Comenzó a recoger sus cosas y las de la pequeña con pena y a la vez con ilusión de regresar donde tenía que haber estado siempre.

Seguía recibiendo mensajes y todos eran de dulzura y afecto, lo que la hacían encontrarse mejor.

Bien, todo salió perfecto y la gente del pueblo trató de ayudarla para que todo saliera bien y pudiera regresar junto a su hija lo antes posible.

Llegó la hora de la despedida, fue muy duro, pues apreciaba mucho a la gente del pueblo que tanto había hecho por ella.

A su llegada todos estaban supercontentos, ellos no habían parado tampoco desde su partida intentando tenerlo todo preparado para que se pudieran instalar lo ante posible.

Bien, por fin todos alegres, juntos y felices…

—Llegó el momento —dijo la cuñada.

—¿Cuál? —preguntaron madre e hija.

—El mar.

Las tres se dirigieron caminando hasta la orilla del mar, juntaron las manos y poco a poco se fueron acercando a la orilla; notaron que las olas las acariciaban y sintieron un calor por todo su cuerpo, como si alguien las estuviera acariciando, sintieron una sensación de felicidad, pues se sentían cerca de él.

Ella sabía que esto no podía durar mucho, pero esos momentos fueron tan importantes y la felicidad era tan grande que el dolor que había sentido después de su pérdida se fue calmando. Sintió como si de nuevo pudiera ser feliz.

Fueron pasando los años y cada mañana o cada noche, las tres acudían a la orilla del mar para seguir notando la sensación que seguían teniendo cuando las olas las rozaban.

Él no se había marchado, seguía en el mar, pero ya no podía mandarles mensajes.

Eso sí, cada ola era como si fuera un mensaje, y por eso ellas escribían en la arena, para que sus mensajes se los llevaran las olas y pudieran llegar a él.

Nunca jamás volvieron a tener miedo; por el contrario, cada día se hacía más fuerte su cariño y pensaban que todo en la vida tenía un significado y ellas lo habían encontrado en los mensajes:

> *LA FELICIDAD A VECES ESTÁ TAN CERCA DE NOSOTROS QUE NO LA VEMOS Y COGEMOS OTRO CAMINO.*
> *NOS EQUIVOCAMOS, PERO AL FINAL LA PODEMOS ENCONTRAR.*
> *QUIERE Y NO TE ASUSTES DE LO QUE A VECES PIERDES. QUÉDATE SIEMPRE CON LO BUENO Y SERÁS MÁS FELIZ.*

Verdad es que dentro de cada uno todos los días tenemos un mensaje que recibimos sin darle importancia. Pero nos ayuda a seguir adelante.

> *ÉL SIGUE AHÍ AUNQUE YA NO PODAMOS RECIBIR SUS MENSAJES. NO NOS DEJARÁ SOLAS.*